SUITE
DES QUATRE SEMAINES
A MARIE

CINQ NOUVEAUX CANTIQUES

EN L'HONNEUR DE

LA TRÈS SAINTE VIERGE

Formant, avec les QUATRE SEMAINES.

UN MOIS COMPLET.

PAROLES ET MUSIQUE

Par M. Aré FAURÉ, ex-curé de Barbaira (Aude).

POUR LES DEMANDES :

S'adresser à P. CAVAILLEZ, Impr. à Carcassonne,

Seul Editeur de la Musique Religieuse

De M. l'Abbé FAURÉ.

SUITE

DES QUATRE SEMAINES

A MARIE

PROPRIÉTÉ.

HOMMAGES A MARIE.

Chœur.

Honneur à la reine des Cieux,
Que tout lui rende hommage
Et que tout, d'âge en âge,
Célèbre son nom glorieux.

Solo

Venez en ce saint lieu
Accourez, chrétienne jeunesse,
Vos chants de pieuse allégresse } *bis.*
Plairont à la Mère de Dieu.

II.

Épouses de Jésus,
Filles de la Vierge Marie,
Donnez lui pour toute la vie,
La plus aimable des vertus.

Honneur à la Reine des Cieux.

III.

Venez, hommes des champs,
De fleurs ornez son sanctuaire ;
Et vous aussi, Grands de la terre,
Portez-lui vos riches présents.

Honneur à la Reine des Cieux.

IV.

Venez, pauvres pécheurs.
Invoquez la divine mère ;
Offrez-lui votre humble prière,
Un jour vous aurez ses faveurs.

Honneur à la Reine des Cieux.

V.

Venez, bons serviteurs,
Ici la Vierge vous appelle ;
Vous serez heureux auprès d'elle
Venez lui consacrer vos cœurs.

Honneur à la Reine des Cieux.

LE SERVITEUR DE MARIE.

Solo.

Fidèles enfants de Marie
Prosternez-vous à son autel,
Heureux celui qui se confie
Aux soins de son cœur maternel.
Dans son aimable sanctuaire
La Vierge vous protégera,
L'enfant, dans les bras de sa mère,
Jamais, jamais ne périra.

Chœur.

Non, non, il ne périra pas,   *bis.*
Le bon serviteur de Marie ;
Non, non, il ne périra pas,
Malgré le monde et ses appas.
Malgré les luttes de la vie,
Non, non, il ne périra pas.   *bis.*

II.

Tout est dangers sur cette terre
Pour celui qui cherche le ciel ;
Chaque jour est un jour de guerre,
Ce n'est qu'un combat éternel ;

Mais cet asile tutélaire
Aux mauvais jours vous défendra.
L'enfant dans les bras de sa mère
Jamais, jamais ne périra.

Non, non, etc.

III.

En vain l'ennemi plein de rage
Fondra sur vous de toutes parts,
Vous aurez un nouveau courage
Derrière ces sacrés remparts.
Vos armes seront la prière,
Et la Vierge l'exaucera ;
L'enfant dans les bras de sa mère,
Jamais, jamais ne périra.

Non, non, etc.

IV.

Le nautonnier, pendant l'orage
Sans cesse tremble pour son sort,
Et vous toujours près du naufrage,
Craignez toujours, craignez la mort ;
Mais voici l'arche salutaire
Où la Vierge vous sauvera.
L'enfant dans les bras de sa mère,
Jamais, jamais ne périra.

Non, non, etc.

CANTIQUE D'OUVERTURE

POUR LE MOIS DE MARIE.

Chœur.

Du beau mois de Marie
Voici l'heureux retour ;
Aux fleurs de la prairie
Mêlons nos chants d'amour. } *bis*.

I.

L'hiver s'enfuit avec ses longs frimats,
   Le calme revient dans nos plaines
Et le zéphyr de ses douces haleines,
   Caresse nos brillants climats.

II

Tout obéit au signal du réveil ;
   Nos champs se couvrent de verdure ;
Et chaque fleur a repris sa parure,
   Sous les feux d'un brillant soleil.

    Du beau mois de Marie, etc.

III.

Le laboureur, au bout de son sillon,
　Admire le ciel sans nuages ;
Et le berger, tranquille sous l'ombrage,
　Goûte la fraîcheur du vallon.

Du beau mois de Marie, etc.

IV.

L'oiseau des bois fait monter jusqu'aux cieux
　Sa mélodieuse prière ;
Et l'hirondelle, au toit de la chaumière,
　Répète son refrain joyeux.

Du beau mois de Marie, etc.

V.

A chaque pas mille nouveaux concerts
　Du Roi des Rois chantent l'ouvrage ;
Et nous aussi rendons un juste hommage
　A la Reine de l'univers.

Du beau mois de Marie, etc.

CANTIQUE DE CLOTURE

POUR LE MOIS DE MARIE.

Chœur.

Adieu, Mois de Marie !
Adieu, Mois de bonheur !
Tous les jours de ma vie
Tu vivras dans mon cœur. } *bis.*

Solo.

Adieu, séjour de paix,
Adieu, bien-aimé sanctuaire,
Je veux te laisser solitaire,
Mais je ne t'oublierai jamais.

II.

Adieu, brillant autel,
Trône d'amour et de puissance !
Mais toute ta magnificence
Finit en ce jour solennel.

Adieu, mois de Marie, etc.

III.

Adieu, charmantes fleurs,
Ce matin vous venez de naître,
Demain vous allez disparaître,
Avec vos suaves odeurs.

Adieu, mois de Marie, etc.

IV.

Adieu, lis éclatants !
Adieu roses et violettes,
Nous aurons encor d'autres fêtes,
Revenez au prochain printemps.

Adieu, mois de Marie, etc.

V.

Adieu, concerts pieux !
Adieu, délicieux cantiques !
Bientôt sous ces voûtes antiques,
Tout restera silencieux.

Adieu, mois de Marie, etc.

VI.

Adieu, fervents amis !
Que chacun se montre fidèle ;
Aux jours de la saison nouvelle,
Soyons ici tous réunis.

Adieu, mois de Marie, etc.

CANTATE

A LA TRÈS-SAINTE VIERGE MARIE.

Solo.

Dans cet auguste sanctuaire,
Rassemblez-vous, heureux enfants,
Venez offrir vos plus beaux chants
A votre aimable mère.

Chœur.

Autour de son autel,
Chantons un hymne solennel
Celle qui nous convie,
C'est la Vierge Marie.
C'est la belle fleur d'Israël,
C'est la Mère de l'Éternel ;
C'est la Reine du Ciel.
Autour de son autel,
Chantons un hymne solennel. } *bis.*

Solo.

Marie a droit à nos hommages,
Elle est digne de nos concerts;
Son nom brille à travers les âges
Au-delà des monts et des mers,   *bis.*

Autour de son autel, etc.

Une Voix.

Par un prodige de faveur,
Au premier instant de sa vie
Elle fut la fille bénie,
Le chef-d'œuvre du Créateur.

Une autre Voix.

Mais des vertus elle fut le modèle,
Rien ne ternit la beauté de son cœur,
Toujours, toujours, elle resta fidèle
Toujours elle plut au Seigneur.

Chœur.

Chantons, chantons sa gloire,
Célébrons ses grandeurs,
Rendons à sa mémoire
Les plus brillants honneurs.   *bis.*

Solo.

Elle fut humble sur la terre
Mais elle est grande dans les Cieux.
Jésus a couronné sa mère
Reine de tous les bienheureux.

Chœur final.

II.

Son trône est au-dessus des anges
Au plus haut du divin séjour ;
A ses pieds les saintes phalanges
Chantent un cantique d'amour.

Chœur final.

III.

Marie a montré sa puissance
Sur la terre et dans les enfers ;
Elle est aussi notre espérance
Et le bonheur de l'univers.

Chœur final.

IV.

Du haut des célestes splendeurs,
Ecoutez-nous, sainte Vierge Marie :
Nous vous consacrons pour la vie
Et nos voix et nos cœurs.   *bis.*

Chœur Final.

Chantons , chantons sa gloire
Célébrons ses grandeurs ,
Rendons à sa mémoire
Les plus brillants honneurs. *bis.*

TABLE

DES CANTIQUES.

La Musique pour ces Cantiques est simple et facile, mais ce qui ajoute encore à la simplicité c'est que les refrains en chœur, écrits pour trois parties, peuvent, sans altérer le caractère du morceau, se chanter par toutes les voix à l'unisson, en prenant pour sujet la partie du premier dessus.

LES PAROLES SEULES,

25 c., franco par la poste.

LA MUSIQUE avec les Paroles en regard,

Format grand in-8°,

Prix net : **1 fr.**, franco par la poste.

Carcassonne — Typ. Polère

www.ingramcontent.com/pod-product-compliance
Lightning Source LLC
Chambersburg PA
CBHW072359190626
46811CB00020B/2032